KB116164

청어詩人選 277

신의섭 시집

청어

그리운 시인

사랑과 감사의 마음으로

밤비가 쉬지 않고 촉촉이 내리고 있습니다.
자동차의 소음이 유난히 더 커 보입니다.
지금은 쉴 시간
자정이 넘은 지가 한참이나 되었습니다.
그런데도 어딜 바쁘게 달려가고 있는지
이런 광경이 하루 이틀이 아닙니다.
쉴 틈 없이 돌아가는 것이 인생인가 봅니다.

그러다 보면 무엇인가 이루어지겠지요.
그 목적이 이루어지는 날 성취감에
이런 것이 인생의 행복이라고 생각하겠지요.
그러나 이 기쁨도 잠시일 뿐
또 다시 더 큰 욕심을 향해 달려갑니다.
때로는 돌부리에 넘어지기도 하고
때로는 수단 방법 가리지 않고
마구잡이로 목적을 달성하려 할 것입니다.
이런 삶의 반복 속에 세월은 흘러
어느새 석양의 노을이 되어가는 자신을 잊은 채
아직도 무엇인가 부족하여

끝없는 욕망에서 벗어나지 못하고
어떤 이는 내가 10년만 젊었더라면
어떤 이는 내가 다시 태어난다면 하고,
아쉬움에 지나온 과거를 후회하지요.

우리는 그러지 맙시다.
후회한들 무엇이 달라지겠어요.
인생은 공수래공수거(空手來空手去)
빈손으로 왔다가 빈손으로 가는 걸.

왜? 무엇 때문에 한없는 욕심을 부리는지
이 욕망을 줄이면 될 터인데.

마음대로 안 되는 것을 어떻게 하겠냐고 반문하겠지요.

우리 잠깐이나마 마음을 비워 봅시다.
그리고 이런 마음을 반복적으로 자주 가져봅시다.
그리하다 보면 마음의 여유가 저절로 생겨
마음이 너그러워지고 평온함을 느끼게 되어
살아오는 동안 생존경쟁으로 쌓인 모든 원한(怨恨)이 사라지고
이웃을 용서하게 되며 이웃 또한 마음의 문을 열게 된답니다.

한 번 몸과 마음으로 실천해 보세요.
마음은 평화로워지고 이웃과 더불어 용서와 사랑으로
인생길을 걸어간다면 고뇌(苦惱)와 오기(傲氣)는 사라지며

내가 원하는 행복의 삶이 이루어질 것입니다.
이렇게 살다 보면 어느덧 인생의 끝자락에 도달하게 되지요.
그때는 행복의 미소를 지으며
"그래 난 그런대로 잘 살아 왔어"라고 생각할 것입니다.

한 번뿐인 인생 그렇게 살다 가면 되는 것을
더 무엇을 바랍니까.
내가 먼저 이해로서 양보하며
서로간의 용서와 배려로
사랑과 감사의 마음으로
살아가는 우리가 되기를 소원합니다.

겸허한 마음으로 이 책을 세상에 내놓으면서
나의 고우(故友) 강재철과 문학을 사랑하고 매우 문학적인 이름
없이 살다 가고픈 손문선의 우정(友情)어린 도움으로 시집을 편
찬하게 되었습니다.
이 분들의 노고에 진심으로 감사의 말씀을 드리며
이 책을 읽는 독자 여러분의 앞날에 행복이 충만하시길 기원합
니다.

신의섭 삼가 드림

청풍명월 안분지족
(淸風明月 安分知足)

청명(淸明)한 하늘 아래
풍경(風磬) 소리 고적 하니
명경(明鏡)에 드리운 구름 한 점
월하(月下)에 강태공이 되네

안빈(安貧)의 마음으로
분수(分數)를 알아가며
지자(知者)의 삶으로
족(足)하면 원(願) 없으리

축간사(祝刊辭)

강재철

(국문학 박사, 단국대학교 명예교수)

사형(詞兄)~! 고목나무에 꽃이 피었구려. 출간을 진심으로 축하하오!

인생을 살면서 마음먹기에 따라 누릴 수 있는 유일한 낙원은 아마 그리움이리라. 우리 나이에 그리움이 있다는 것은 아직도 생명의 꽃이 싱싱하게 약동하고 있다는 증거이리라. 마치 밤하늘이 별이 있어 아름답고 땅이 꽃이 있어 아름답듯이 노년의 그리움은 시(詩)가 있어 더욱 아름다우리라. 나의 고우(故友) 가원(可元) 의섭(義燮)은 아직도 사모(思慕)의 피안(彼岸)이 있고 고동치는 생명의 심장이 있다. 이번 출간하는 『그리움은 시인』은 가원의 낙원이며 생명이리라.

가원은 청풍명월(淸風明月)의 고장 충청도 출신이다. 그래서인지 젊어서부터 맑은 바람 밝은 달을 닮았다. 비 갠 뒤 산야(山野)에 부는 한 줄기 신선한 바람 같고 구름 사이로 언뜻 비치는 소나무에 가려진 고요한 보름달 같다.

가원은 안분지족(安分知足)할 줄 안다. 마음을 비우고 당신의 분수를 지키며 이 풍진(風塵) 세상을 만족할 줄 안다. 현자의 풍모를 쫓아 지족상락(知足常樂: 만족할 줄 알며 항상 즐겁다)할 줄 안다.

가원의 시(詩)는 읽기가 쉽다. 까다로운 기교나 가식이 없다. 꾸밈이 없고 내용이 지극히 순수하다. 그의 시는 자연스러운 갈대의 흔들림이 있기도 하지만, 대부분 추강(秋江)에 드리우는 달빛 고요함과 텅 빈 마음에서 우러나오는 무소유(無所有)의 자연미가 주조를 이루고 있다. 그저 전통적 시관(詩觀)의 하나인 시란 마음속에 뜻을 말하는 것[詩言志]일 뿐이지, 현대의 난해시란 이름으로 독자를 괴롭히는 구석이 전혀 없다.

나는 이제껏 인생을 고답적(高踏的)인 것으로 보고 어렵게만 생각해 왔고 시 또한 어려운 것을 좋은 시라고 여겨왔는데 요즘 나이가 들고 보니 인생이 높고 멀리 있는 것이 아니라 낮고 가까운 데 있고, 시 또한 유행가 가사처럼 대중들이 말하고자 하는 뜻[言志]에 충실한 시가 좋게 느껴지게 되었다.

흔히들 글은 곧 그 사람이다[文則人]라고 한다. 그러기에 사람과 글은 일치하는 법이다.
나는 가원을 좋아하고 그의 시를 좋아한다. 하지만 어떤 때는 가원이 좋아서 그의 시를 좋아하는 것이 아닌지 혼란스러워할 때도 있다. 이러한 혼란스러움은 독자들의 몫으로 남겨두자.

　　소망이 남아 있다는 건 아직도 나에게
　　삶이 남아 있다는 거다.

삶이 남아 있다는 건 아직도 나에게
그리움이 남아 있다는 거다.
그리움이 남아 있다는 건 보이지 않는 곳에
아직도 너를 가지고 있다는 거다.

-조병화-

그리움의 시인 가원(可元) 형~! 시고(詩稿)를 단숨에 읽어 보니 아
직도 그대는 사랑의 그리움으로 너[님]를 배려하려는 마음이 여
전 하구려~!

시집의 출간을 다시 한 번 축하하며, 삶이 끝나는 날까지 신의섭
(申義燮) 시백(詩佰)께서 사랑을 마음껏 사랑해주기 바라오.
사랑은 생명의 꽃이요 시는 삶의 꽃일지니.

삶의 최고의 가치는 행복이다~

차례

제1부   淸

제2부   風

언제부터인가
사랑을 하였습니다
사랑은 인간의
아름다움이었습니다
그러나 이별의 아픔은
견딜수가 없습니다
그래서 죽는가 봅니다
고통의 세월이지나
그리움으로 다가 옵니다
그리움은 시인이 되어갑니다
인생의 외로움을 배우면서

제1부

清

그리움은 시인

언제부터인가
사랑을 하였습니다
사랑은
인간의 아름다움이었습니다

그러나
이별의 아픔은
견딜 수가 없었습니다
그래서 죽는가 봅니다

고통의 세월이 지나
그리움으로 다가옵니다
그리움은 시인이 되네요
인생의 외로움을 배우면서

고독

아무도 모르는 외진 곳
해님도 달님도
찾아오지 않는 응달진 곳
그곳에
웅크리고 혼자 피었네

가련한 모습에
이름마저 모르는 야생화
세월 따라
사라지고 나타나며
쓸쓸히 혼자만 살아가네

먼 곳을 한없이 바라보며
기다림에 지쳐 그리움만 더 해가는
네 모습이 외로워
슬퍼 보이는 너는
저 멀리 혼자 핀 야생화

그 옛날

새털구름은
하늘 높이 까마득한데
아련한 그 옛날이
너무나 그리워
파란 우주의 공간을
한없이 파고들지만
보일 듯 보일 듯 보이지 않는
안타까운 외로움에
그 옛날을 그리워한다

세월의 공간 속에
흘러가는 시간들은
멈출 수 없는
우주의 섭리(攝理)인 것을
티끌 같은 인간의 존재로
시간의 떠밀림 속에
잡으려 해도
영원한 과거인 것을
애타는 안타까움에
그 옛날을 그리워한다

그 옛날에

꿈결 같은 먼 옛날에
사랑하던 임
아득한 추억으로
아물아물 그리움만 남았네

그때 그 시절 순수한 마음
눈으로 주고받으며
사랑한다는 말
가슴으로만 두근두근

지금은 어느 하늘 아래
재롱손자 품에 안고
할미꽃 향기 되어
그 옛날을 그리워하는지?

떠났다면 안타까움에
애수에 찬 고운 매*
한없는 그리움이
슬픔으로 젖어 드네

* 매: 맵시, 모양

그리운 시절

새싹이 낙엽 되어
종착역이 머지않음에
세월의 흐름이 순간이구려
그런대로 지나온 여정에
감사할 뿐
무슨 욕심을 더 내겠소

잊었던 정분 되찾아
행복을 나누세
옛날 옛적 그리운 시절
아름다운 추억
다시 꺼내 보세나
소원(疏遠)했던 세월 뒤로하고
지나간 과거로 달려가 보세

가버린 사랑의 행복을

까치발 하고 길게 뺀 모가지
그리움 찾아 두리번두리번
호수의 연모는 새벽을 반기며
외로움은 아련히 가물거린다

솔바람 되어 스쳐갔는가
뭉게구름 높이 사라졌는가
민들레 홀씨 되어 사랑 찾아 갔는가
흔적 없는 공허만 낙엽 되어 떨어진다

지나간 세월 아름다움으로 모락모락
허공만 한없이 맴돌며
그림자조차 어디로 가버리고
혼자만이 가슴을 부둥켜안는다

깊은 숨 몰아쉬며 허덕이는
세찬 비바람이 아니기를
하늘 높이 재잘거리는 종달새 되어
향기로운 꽃이기를 소원할 뿐

진실은
현재의 삶에
잠시 불편을 느낄지언정
그 진정성에 의해
크나큰 희망으로
발전해 나가는 걸

거짓과 진실

때로는
몰라도 아는 체 알아도 모르는 체
인생의 한 수단으로
삶의 편리를 위하여
선의의 거짓이라며
진실을 외면한다

진실은
현재의 삶에
잠시 불편을 느낄지언정
그 진정성에 의해
크나큰 희망으로 발전해 나가는 걸
당신은 아는가?

삶의 편리한 수단으로
'체'보다는
현재의 불편을 감수하며
진실한 행동으로
희망의 앞날을
내 것으로 만들어 가리라

즐거움과 괴로움은
긍정과 부정의 차이
긍정의 힘으로
이겨나가리

긍정의 힘

작고 적어도
만족하면 크고 많은 것이요
크고 많아도
부족하면 작고 적은 것이니

길옆 잡초 꽃 한 송이의
아름다움은 기쁨이요
만 송이의 장미도
향기를 모르면 쓰레기일 뿐

즐거움과 괴로움은
긍정과 부정의 차이이니
어떠한 난관이라도
긍정의 힘으로 이겨 나가리

궂은 비

종종걸음으로
살랑 바람 따라와
지나갈 줄 모르고
장마도 아니면서 오가도 않네

여름도 아닌데
꾸물꾸물 후덥지근하더니만
봄비도 아닌 것이
썰렁썰렁 옷깃을 여미게 하네

염치도 없이
오락가락 궂은 비 되어
온종일 쉬지도 않고
해님을 기다리게 하네

꽃샘추위

아쉬움에 미적미적
주춤주춤 떠나지를 못하니
가다 오고 가다 오고
떠나야 함을 모르는지
춘삼월 떠나지를 못하네

무슨 미련 그리 많아
갈 듯 말 듯 뒷걸음질
간다간다 아니 가고
미운 정 고운 정 아쉬움에
떠나지를 못하는가?

지나간 그리움
아름다운 추억으로 남기고
봄 여름 가고 가을 되어
오색 단풍 낙엽 되거든
눈꽃송이 되어 오시기를

가슴 설레이는
가을바람

가을 호수의 오후

해맑은 창공의 목화송이
포근한 엄마 가슴이고
태양은 물속에서 눈이 부시다

비단붕어 가족 분주히 지나가면
넘실넘실 하늘이 춤추고
꽃구름도 해님도 덩달아 신난다

해님 떠난 자리에 달님 오는 보름이면
총총히 하늘 보석 수없이 반짝이고
분주하던 비단붕어 꿈나라 가겠지

호숫가 물망초 잎 고추잠자리
낮잠에 미동도 하지 않는 오후
고요만이 익어가는 가을을 반긴다

겨울 비

함박눈 오려나
해거름 녘에
추절추절 때 아닌 비
지나가는 종종걸음
길손의 옷소매를 적시네

머지않아 새봄이
겨울 비 따라 오려나
삶의 움츠림에서 벗어나
생동하는 만물의 계절이
차금차금 비 맞으며 온다는데

먼 터널 지나
희망의 나래 펴며
활기찬 환희의 계절
겨울 비 시원히 반기며
저 하늘 끝으로부터 오려나 보다

끝없는 그리움

눈을 감고 감아도
잊을 수 없어
세상 어디에도
그림자마저 보이지 않고
영혼 속 깊은 곳에서
모락모락 그리움만

아무리 뵈려 해도
뒤돌아갈 수 없어
수십 년 전의 성스러움
허공을 맴 돌고
끝없는 그리움에
가슴만 저려오네

내 죽어
찾아 뵐 수 있다면
이 세상 열심히 살다가
떠나는 그날
부모님 품에 안겨
한없는 눈물 흘리리라

개구쟁이의 봄맞이

겨우내 얼었던 코끝
녹아내리는 누런 코
발등 깨질라

바람은 소소리바람
햇볕은 따스하니
두툼한 점퍼 벗어 던지고
밖으로 내달리며
엄마 속을 태운다

점퍼 들고 뛰는 엄마
도망가는 개구쟁이
뽀얀 흙먼지 속에
왁자지껄 요란한 운동장
봄을 반기는 누런 콧물
발등 깨질라

귀염둥이

보면 볼수록
기쁨을 한 아름
아낌없이 안겨 주는
가정의 보배

무럭무럭 자라
나라의 대들보 되어
천하에
조국을 빛내 줄 희망

아름다운 향기 넘치는
나라의 거목으로
어버이의 책무(責務)가
하늘같이 높네

너이기 때문에
특별하다

제2부

風

구름 길

걸어간다 한없이
끝없는 길을
내 삶이 끝날 때까지

평탄하다가 울퉁불퉁
가파르게 꼬불꼬불
넘어지고 지치고

때로는 다투며
허겁지겁 달려가는
어리석음도 있는 길

벗어날 수 없는 숙명이기에
내 생의 끝에서 멈추는
공허만 남는 구름 길

끝없는 욕심

언젠가는 한 줌의 흙으로
돌아가야 하는 인생아
내일의 희망을 안고 뛰는구나

한 치의 앞도 모르면서
천만년 근심 걱정 다 걸머지고
옆과 뒤도 돌아볼 새 없이
혼자만이 바쁜 듯
앞을 다투는 인생아

너만이 바쁘더냐
나만이 바쁘더냐
먼저 가자고 제치고 제치련만
그래도 부족하여
시름만이 태산이네

그 무엇도 아닌 것이

한 조각의 뜬구름
바람결에 흘러가네

유구(悠久)한 세월의 흐름에서
인생은 하나의 아주 작은 점일 뿐
그 무엇도 아닌 것이
끝없는 우주를 삼킬 듯 꿈틀거리네

거대한 사막의 모래알
그 중엔 지구라는 별 하나 있어
그 안에 먼지 하나 되어 살아가다
아무 흔적 없이 사라지리니

우주의 섭리(攝理)가 그러하거늘
알지 못하는 인생이 서글퍼지네

조금이라도 본능에서 벗어나면
아무것도 아니라는 것을 알 수 있건만
모르고 모르는 체하며 어리석게
너 나 모두가 그렇게 살아가네

타고 나기를 그러하던가
그나마 해맑은 창공이 될 수 있다면
존재의 가치가 행복이라는 것을
알 수 있겠지만
우리는 그냥 허무하게 사라지네

원래 인생은 티끌과 같은 것인 걸

나는 누구인가

부모님의 육신을 빌려
한 인간으로 태어나
살아가는 나는 누구인가?

부모님의 헌신적 은혜를 입고
자라고 크다 보니
어느새 부모는 떠나가시고
불효자가 되었구나

사랑하는 아내를 맞이하여
자식 기르는 부모 되었지만
아내의 수고로움에 신세만 지는
나는 누구인가?

이웃과 더불어 살아간다지만
주는 보답보다 받는 은혜가 더 크구나

부모님에게
아내에게
이웃에게
빚만 하늘땅만큼 지며
살아가는 나는
나는 누구인가?

삶고 받고 원고 슬기롭게

낙수

선술집 툇마루
오순도순 둘러 앉아
빈대떡 한 접시 구워 놓고
동동주 한 잔씩 걸치며
낙수를 바라본다

흘러가는 빗물 소리에
우리 인생도 띄워 보내며
주거니 받거니
정을 듬뿍 담아
도란도란 이야기꽃을 피운다

우리네 인생도
흘러가는 빗물과 같이
생명수가 되어 왔는지
한 잔의 동동주 나누며
낙수를 바라본다

낙엽

일생을 다 마치고
사라져 가는 네 몸 하나도
헛되이 버리지 않고
다음 세대의 밑거름이 되어 주는
거룩한 심성으로 떠나는 모습이
참으로 아름답구나

봄에는 새싹으로 태어나
아름다운 꽃을 피우고
여름이면 열매로 무럭무럭
가을되어 풍요로움을 주고
울긋불긋 오색 무지개로
떠나는 모습이 거룩하구나

인생도 이와 같다면
세상은 아름다움으로
산과 바다가 되어
온 천지에 행복이 넘쳐
우리의 존재가 귀중한 보배로
다시 태어날 터인데

너무나 그리워

수평선 너머 저 멀리
뭉게구름 지나 드높은 창공의
보이지 않는 바람결 스쳐
떠나셨나요!

달빛 뒤 은하수 강을 건너
이름 모를 별자리 지나
외롭게 반짝이는 샛별 지나
어디로 가셨나요?

허공을 휘저으며
그리움을 찾아보련만
어느 곳에도 아니 보이고
영혼 속의 아련함만 깊어지니

어느 때 어디서 그리움 찾아
내 가슴에 안기려나
몸서리처지는 외로움에
오늘도 눈시울을 적시네

누나의 어부바

평화롭고 인정이 넘치는
어릴 적 마음의 고향
봄날 양지쪽 노란 병아리
새근새근 꿈나라 가던 곳

토닥토닥 사랑 장단에
마냥 즐거워
흥얼흥얼 흥얼거리며
한없이 행복 넘치는 곳

칭얼칭얼 어리광 떨며
어부바 하면 등을 내 주시고
따스하게 감싸주던 곳
죽어도 잊지 못할 누나의 등

牛目

천억겁억만의 눈동자 멀뚱멀뚱

아기의 눈망울같고 온화한 티끌하나

없는 청순 참밝고 진실한 심성착한

마음밭 그대로 한늘나라신가보다 곱고

이제시고 부처님이보이시면 멋수님시왕림

하셨네.

눈동자[牛目]

껌먹껌먹
엄마의 눈
멀뚱멀뚱
아가의 눈동자

평화롭고 온화한
티끌 하나 없는 청순함
밝고 진솔한 심성
착한 마음 밭 그대로

하늘나라인가 보다
공자님이 계시고
부처님이 보이시며
예수님께서 오셨네

달력 한 장

여명의 불타는 태양
가슴으로 힘차게 안으며
부푼 희망 설레던 새해가
어제인 듯한데

어느새
세월 한 장 달랑
무표정한 모습으로
물끄러미 나를 바라본다

처음의 시작은 화려하나
보람의 열매는
어디에도 보이지 않고
빈 주머니만 털어대네

새해에는
빈 주머니에 차곡차곡
희망과 보람을 채워가는
창조의 한 해가 돼야지

달력 한 장 앞에서
새로이 마음을 다잡으며
다짐하고 맹세한다
희망의 새해를 만들 것을

참삶의 진리가
무엇인지
마음의 문을
열면서

떡국

희망 한 그릇 뚝딱
새해를 반기네

지난해를 거울 삼아
보람의 한 해를 시작하리

참 삶의 진리가 무엇인지
마음의 문을 열면서

익어가는 벼 이삭처럼
세월의 흐름이 돼야지

새해의 꿈을 먹으며
떡국 한 그릇 뚝딱

새달엔
주렁주렁
보람으로
예쁘게
장식해야지

달력

오늘은 그믐 날
세월 한 장 넘기니
깔끔하고 새롭다

지난달엔
군더더기 더덕더덕
보기가 민망하다

새달엔
주렁주렁 보람으로
예쁘게 장식해야지

누가 봐도 멋진
한 장의 세월
벽에 걸어 놔야지

도림천

개천가 갈대 숲 넘실거리며
따스한 해님 눈부시고
단풍잎 외로이 굴러가는 늦가을 오후

졸졸졸 벽계수(碧溪水) 조약돌 감아 돌고
어정어정 황새 한 쌍 한가로움에
조그마한 고기 떼 여유로운 계곡

넉넉한 풍경 평화로워
망중한(忙中閑) 벤치에서
티 없는 창공에 낙서한다

자연은 아름답고 오묘하다고
인간은 축복받은 생명체라고
한 줄 시(詩)를 쓴다 행복하다고

* 도림천: 서울 관악산이 수원지인 계곡으로 여의도 한강으로 연결된 실개천이
  잘 정리가 되어 있어 각종 물새와 고기가 서식하고 있다.

제3부

明

마음을 비우면
무지개 나라가
여기인걸

무지개 나라

언덕 너머 저 멀리 무지개 나라
거기는 낙원이라지
가시덤불 헤치며 넘어지고
돌부리에 체이고 구덩이에 빠지며
들녘 지나 물 건너 메 넘어
무지개 나라 찾아 나선다

어제도 오늘도 내일도
쉴 새 없이 행복을 찾아
끝없는 욕망에 허우적거리며
스스로 불행을 자초한다
마음을 비우고 비우면
무지개 나라가 여기인 걸 모르면서

무인도

저 멀리 조그마한 섬 하나
가물가물 물안개 피어나네
거기에는 무엇이 있을까
인적이 닿지 않는 처녀림으로
태고(太古)의 자연 그대로겠지

엄마 닮은 온갖 생명이
다툼 없는 자기만의 세계에서
평화롭게 살아가겠지
인위적인 꾸밈이나 가식 없이
환경에 순응하며 행복하게 살리라

인간들이여
이곳만은 짓밟지 말기를
있는 그대로 보전하여
진정한 삶의 가치가 무엇인가를
여기서 배워야 할지니

망부석(望夫石)

만선의 꿈을 안고
수평선 저 멀리
떠나간 임 아니 오시고
오락가락 갈매기
야속하기만 하다

바다는 있는 그대로
임의 소식 모르는 체
오늘도 출렁출렁
얄미운 시치미에
애간장을 태운다

만선이 아니라도
어서어서 오시기를
머나먼 수평선 끝
석양의 붉은 노을만
한없이 바라본다

맺지 못할 연분

내 마음속 까치 울어 대더니
보름달 만월 되던 날
임 소식 전해 오더이다

인연의 끈이 닿지 않아
항상 아련함이 깊은 그믐날이었는데
어느 날 갑자기 대낮이었나
휘영청 보름날 둥글게 찾아왔네

각지고 모나지 않은 심성
둥글둥글 밝기만 하여
가슴으로 살포시 보듬어 보니
서늘한 가슴 따스해 짐은
티 없는 사랑의 순수함이었네

세상에 소중함을 알면서
바라보며 간직하려 해도
인연의 한계를 넘지 못함에
애처로운 안타까움만
내 영혼 속에 영원히 남으리

마지막 남은 여정

촉촉이 젖은 눈가의 깊은 주름은
그 옛날이 그리워 지친 흔적인가
초롱초롱 수정의 해맑음은 세월에 묻히고
안경 너머 세상은 허무하다

고운 댕기 머리에 장미가 되어
향기로운 삶에 사랑 넘치고
야무진 희망도 키워가며
행복은 영원히 끝없는 줄 알았지

세월이 흐르고 흐르니
넘치던 환희의 빛은 사라지고
노을이 되어 가는 안타까움에
서산을 바라보며 우수에 잠긴다

다시는 되돌아갈 수 없는 인생
마지막 남은 여정은
붉게 타오르는 석양이 되어
세상을 아름답게 비추리라

어제는 그 움없이 사랑하였고
오늘은 미워하지 아니하고 사랑하며
내일로 미움 없는 사랑으로
미움은 불행이며 살아가야지요
사랑은 행복이니까요

미움과 사랑

어제는
미움 없이 사랑하였고
오늘은
미워하지 아니하고 사랑하며
내일도
미움 없는 사랑으로
살아가야지요

미움은 불행이며
사랑은 행복이니까요

말이 많으면
말이 많아 탈도 많고
화도 많다네
말 많은 말은
예리한 흉기로 변해
카인의 후예가 된다네
말이 많으면
탈도 많아
치명적해독이되어
너와 내가 희생돼
침묵은 금이다 라고하였네
말 말 말을 말게나

말 말 말

말이 많으면 말이 많아
탈도 많고 화도 많다네
말 많은 말은
예리한 흉기로 변해
카인*의 후예가 된다네

말이 많으면 말도 많아
치명적 해독이 되어
너와 내가 회생되니
'침묵은 금이다'라고 하였네
말말말 말을 말게나

*카인(cain): 저주받은 무리 또는 죄인. 구약성경 창세기에 나오는 아담과 하와의
맏아들. 자기의 제물이 하나님 야훼에게 받아들여지지 않고 아우 아벨의 제물이
받아들여지자 이를 시기하여 동생을 돌로 쳐서 죽였다.

봄 오는 소리

꾸물꾸물 비구름 올라와
온 누리에 촉촉이 뿌리더니만
남쪽의 살랑 바람 뒤따라오며
포근한 해님에게 길을 터주니
세상 가득 새 생명 움트며
새봄 옴을 알려주네

어제는 죽은 듯
정 막 하던 계곡은
졸졸 흥겨운 노래 부르며
오랜만에 고향 찾아 떠나고
산새들 조잘조잘
새봄 옴을 반기네

움츠리던 어깨 확 펴며
두툼한 점퍼 접어 두고
화사한 옷차림에
엄마 아빠 손잡고 나들이 가는
흥얼흥얼 아기천사의 콧노래가
희망의 새봄을 반기네

봄맞이

설레는 마음 향기로움에
두근두근 진정이 안 됨은
강남의 꽃바람 살랑살랑
잠자던 내 가슴에 안겨
떠날 줄 모르는 까닭일까

웅크리고 앉아 학수고대
남쪽 소식 기다리니
순풍의 돛단배 너울너울
한 아름 꽃향기 싣고 와
차가운 내 볼을 어루만지네

추운 가슴 활짝 열고
훈풍의 봄소식 맞이하며
활기찬 분주함에
생동감이 넘치네
내일의 희망을 반기면서

너는 나의
따뜻한 봄이다

봄비를 반기면서

입춘이 떠난 자리에
버티는 동장군 몰아내니
봄비임을 알았네

만물의 생명수 되어
찾아 온 안개비는
대지를 촉촉이 적시니

터널의 긴 잠에서
기지개를 펴는 어린 생명
봄 옴을 기뻐하네

봄바람

어린 새싹이 방긋
아름다운 미소 지듯
따사로운 평화로움에
그냥 바라만 보았는데
봄을 반기는 아지랑이
두근두근 마음 설레게 하네

먼 하늘 뭉게구름 한 점
요람 속 아가의 졸음 되고
초원의 한가로움은 적막한데
살며시 귓전을 스치는 바람
콩닥콩닥 가슴 설레게 함은
사랑이 움트는 봄바람인가

예전엔 잠자는 공주였나
아지랑이 봄바람 율동에
일어나 하늘 보고 초원 보며
그리움이 사랑임을 알았네
이제는 아지랑이 되어
마음껏 피우리 봄바람을

봄의 오후

뒷동산 연분홍 꽃잎
한 잎 두 잎 바람에 날리며
노란 개나리 화사하고
움 트는 새싹의 생동감은
오는 봄을 반긴다

텃밭의 온갖 푸성귀
한없이 싱싱하며
저 멀리 아지랑이 아롱거릴 때
앞마당의 장닭
종종거리며 모이를 쪼고 있다

병아리 쫓던 멍멍이
주인 따라 논갈이 나가고
초가지붕 위 노랑나비
한가로이 졸고 있는
적막한 봄의 오후

봄은 온다

인정 없는 세찬 바람 지나가면
나뭇잎은 우수수 떨어지고
개천의 가냘픈 황새
발 시릴까 염려되는 시절

코로나 입막음 한 군상들
어두운 기색으로 지나가고
옹기종기 비둘기 어디로 갔는지
데굴데굴 낙엽만 굴러가네

태양도 먹구름에 찌푸리고
꾸물꾸물 음산함에
진눈깨비 오려나 어수선한 하늘
길옆 잡초도 심란해하네

언제 어느 때 어깨 쭉 펴고
희망의 꽃 활짝 피우려나
무던히 참고 견디다 보면
머지않아 봄은 찾아오려니

제4부

月

번뇌

삶도 미움도 기쁨과 슬픔도
모두 다 부질없는 거 한평생의
가치라지만 집착의 끈을 놓을부터
발생한 인간의 번뇌인 것을

번뇌

사랑도 미움도
기쁨과 슬픔도
그리움도 외로움도
부질없는 거

모든 것이
집착의 끈으로부터
비롯되는
인간의 번뇌인 걸

부활

고희(古稀)가 멀어져 가는 길에
소년 소녀의 해맑음이
깊은 옹달샘이 되는 것은
마지막 떠나는 그날
어린 천사가 되는 것이려니

세월의 되돌림은
동심(童心)의 길이기에
저만치서 기다리는 이별을
천국의 세월로
다시 태어나게 하는 것이니

고목이 되어 사라지는 것은
새싹을 품에 안음으로
자신의 소멸이 아니라
거룩한 부활로
어린 천사가 되는 것이리

비우는 마음 1

초라한 모습으로
혼자만이 터벅터벅
외롭게 지나가는 나그네여
무슨 사연 그리 많아
고뇌에 잠긴 모양이
한없이 서글퍼 보이는구려

이왕지사(已往之事) 인생살이
환한 미소로
차분하고 힘차게
희망을 찾아
우리 다 함께
달려가지 않으렵니까

고뇌는 욕심에서의 불행
행복은 인생 최고의 희망
단 한 번뿐인 인생
희망을 위하여
마음을 비운다면
행복은 저절로 찾아온다오

비우는 마음 2

모든 것이 일순간
흘러가면 그만인 것을
영원한 듯 착각 속에
고민하고 괴로워하며
살아가는 인생아

너 나 모두가
언젠가는 맨손으로
떠나야 하는 것을
무슨 욕심 그리 많아
불행을 자초하는가!

행복은 비우는 마음에서
찾아오는 것을
그러자면 자신의 헌신이
불행이 아닌 행복임을
깨달아야 하거늘

벗님네야 술이나 한잔 하세

벗님네야 우정을 나누세
애틋한 정으로 마주 앉아
술이나 한잔 하세
주거니 받거니 옛이야기 하면서

한 잔의 술은 우정이요
한 잔의 술은 희망이며
또 한 잔의 술은 사랑이요
다시 한 잔의 술은 행복이니

모든 번뇌 털어버리고
이 밤이 새도록
우정 희망 사랑 행복
듬뿍 담아 취해 보세

한 세상 살아가는 인생
멋지게 살아가세
주거니 받거니 우정을 나누면서
벗님네야

밤이 되면

창가 멀리
오동나무 우듬지*의 초승달
먼 옛날을
기약 없이 기다린다

달빛 아래 오동잎
한 잎 두 잎 떨어지며
한없는 기다림에
오늘도 그 자리 그대로인가

초승달 은은히 비추는 날
옛날이 너무나 그리워
나는 쓸쓸히 떨어지는
오동잎이 되어 간다

* 우듬지: 나무의 꼭대기 줄기.

보고 싶어라

아련한 그리움이 외로워
그 옛날이 그리워
흘러간 세월 되돌려
어머님 전에 서러워
한없이 울었습니다

마냥 보고픈
어머님 찾아
창공을 헤매지만
뭉게구름만
조용히 흘러갑니다

천상의 세계
어디에 계시는지
날이면 날마다
그리움만 가득히
지나간 세월이 야속합니다

어머니
보고 싶어요
너무나 보고 싶어요
어머니! 그리운 어머니!

부모님의
은혜는
끝이없어라

보고파

아련히 떠오르는 그리움이
너무나 멀리 아롱거려
허공 높이 사라질 듯
안타까움에 몸부림 처지는
처절한 가슴 쓸어안으며
저려오는 마음을 추스른다

왜! 이다지도 애달픔에
내 영혼 속 그리움이
꿈속에서나마 뵐 수 있다면
삼백예순날 그리 되어
그대로 어루만져 보았으면

생전의 하해와 같은 은혜
뼈에 사무쳐
땅을 치며 하늘을 우러러 본들
눈앞의 어른거리는 성스러움만
간직하고 간직하며
그 옛날을 그리워한다

오! 내 부모님이여~

산수화

파란 창공의 뭉게구름
한가로이 흐르고

강가의 물새들
먹이잡이 한참이며

돛단배의 강태공
월척에 즐거운 모습

계곡마다 온갖 야생화의
화려한 자태

산새들의 합창에
신선이 내려와 떠나지를 않으니

무릉도원이 여기로다

풍경의 아름다움에
눈이 호사를 누리고

굽이굽이 계곡의 옥수
고향길 흥얼거리며

산들산들 순풍에
코끝이 싱그럽고

언덕배기 집성촌 인심 좋아
신토불이 산나물 향기로움에

무릉도원이 여기로다

산길

산까치 종종걸음
다람쥐 오르락내리락
이마의 땀방울
씻어주는 산바람
까불까불 산새들
지나가는 나그네 반기며
꼬불꼬불 울퉁불퉁
친구 되어주는 오솔길

저만치 야생화
옹기종기 모여
찾아오는 길손 반기며
계곡의 여울*물 흥에 겨워
환영의 노래 부르면
무거웠던 발걸음
상쾌한 걸음걸음으로
정상이 저 앞에
희망 주는 오솔길

*여울: 물살이 빠르고 세찬 곳.

신념과 자신감과
희망을 품으면
젊어지고
의심과 두려움과
절망을 가지면
늙어진다

산책길

능수버들 너울너울 갈대는 넘실넘실
허리 굽은 노부부 가만가만 걸음새에
비둘기 떼 저만치 날아가고
반짝반짝 계곡은 눈이 부시네

알록달록 요란한 어깨 흔들며
자전거 곡예사 사라지고
종종종 강아지 꼬리 흔들면
낙엽 대굴대굴 지나가는 길

젊은 아낙네 수다쟁이 끝이 없고
걷는 운동 노인네의 안간힘에
수고로운 산책길
오늘도 쉼 없이 분주하기만 하네

소나기

휙! 회오리바람 발끝에서 돌더니
갑자기 먹구름 다가오면서
번쩍 우르르 쾅 으드득
주먹만 한 빗방울을 내려친다
난전의 장사꾼들
이리 뛰고 저리 뛰며
비설거지에 정신없다

언제 그랬던가 시치미 뚝 떼며
요란 맞던 먹구름은
동쪽 하늘 멀리 꽁무니 빼고
햇볕은 쨍쨍
무더위가 기승을 부리며
내 등줄기를 적신다
호랑이 장가가는 날인가 보다

* 소나기와 여우비의 차이점: 소나기는 비구름이 있는 어두운 상태에서 내리고,
  여우비는 구름 한 점 없는 맑은 날씨에 내리는 비로, 소나기는 호랑이 장가 가는
  날, 여우비는 여우 시집가는 날로 표현하기도 한다.

세월은
시간의 흐름일뿐
나에게
아무런 의미가없다

제5부

安

사랑!
세상에서
가장아름다운말

사랑은 아름다운 건가요

사랑은 아름다운 건가요,
세상에 홀로 남아
푸른 창공 한 점의 뭉게구름 되어
정처 없이 떠나가는
그리운 임 잡을 수 없어도

사랑은 아름다운 건가요,
우수수 낙엽 되어
아주 머나먼 곳으로
가시는 임 잡지 못해
서글프게 한없이 울고 있어도

사랑은 아름다운 건가요,
저린 가슴 아픔을
그리움에 외로움만 주고
이별의 슬픔을 남기며
훌쩍 먼 곳으로 떠나도

사랑하는 이에게

새해에는
아름다움 모두 다 주고 싶다
미움을 사랑으로 슬픔을 기쁨으로
절망과 불행은 희망과 행복으로
담고 담아 아낌없이 주련다

향기로운 봄꽃으로
여름에는 산들바람 되고,
풍요로운 가을로
겨울에는 눈꽃송이 되어
그대 곁으로 가련다

희망찬 여명의 태양
비단 주머니에 담아 주고,
만월의 둥근 보름달
그대 문고리에 달아 주며
내일의 행복을 빌어 주리라

슬픈 영혼

갈참나무 본봉 위 고목 되고,
상석(象石)의 옛 영화 옆으로 누운 채
거뭇거뭇 세월의 이끼 무상하고,
저만큼 나둥그러진 비문
나그네 옷자락 잡으며
머뭇머뭇 하고 싶은 말 무엇인가!

눈 비비고 귀 쫑긋 세우나
풍화의 세월 이기지 못해
흔적의 사연 보일 듯 아니 보이니
벙어리 된 지 얼마인가?
산바람은 살금살금 지나가고
오르락 내리락 다람쥐만 분주하네

혹시 내 새끼 만나거든
어느 때 어느 문중(門中) 아무개라고
말은 하지만 먼 옛이야기 되어
소리 없는 메아리만 남는 구려
흘러가는 세월 어쩔 수 없는 것을
너무 슬픈 영혼 되지 마옵소서

소중한 인연

맑은 햇살이 내 가슴에 안겨 올 때
따스한 인연으로 아름답게
그대와 함께이기에
마음이 풍요로워진답니다

온 천지가 알록달록 눈이 부실 때
풍성한 결실의 계절이라고
산천초목의 속삭임은
넉넉한 우리의 마음이랍니다

향기로운 정을 나누면서
퇴색되지 않는 만남은
하늘이 내게 주시는 축복이며
고귀한 선물인가 봅니다

항상 가슴 한편에 피어 있는
한 아름의 예쁜 꽃으로만 간직할 뿐
탐스러운 열매로 거듭나기를
소원하지는 않겠습니다

있는 그대로 해맑은 창공이기를
믿음과 배려로 감싸주며
작은 한마디의 말일지라도
사랑 주는 그런 인연이기를 희망합니다

소중한 만남

입학식 날
서먹서먹하니 급우로 만나
은연중에 이심전심
학년 내내 심성 상함 없이
깊은 정을 나눴지

졸업 후 인생길이 달라
소원(疏遠)하게 지낸 세월 수십 년
어느덧 고희(古稀)에 한숨 돌려 뒤를 보니
정분 둘이 그립다 보고 싶다
가슴이 젖어 오네

마음만은 학창 시절 그대로
온종일 추억 속에
정을 듬뿍듬뿍 나눴지
건강하게 자주 만남을
굳게 기약하면서

세상은 환절기

얼음골 찬바람 버티고
꽃샘추위에 밀리고
때가 되면 오고 가야
우주의 질서라 하는데,
동장군의 힘겨루기에
애꿎은 꽃봉오리만
어찌 할 줄 모르네

조석으로 오르락내리락
변덕스러운 환절기에
온갖 생명은 콜록콜록
종잡을 수 없이 우왕좌왕
고통에 허덕임을 아는지,
배려와 양보로 화해한다면
평화로운 세상이 될 터인데

삶의 지혜

실패의 쓴 잔은
성공의 길을 알게 하고,
분수에 넘치는 욕망은
불행을 초래할 뿐

첫술에 배부르랴
한 걸음 한 걸음
계단을 오르다 보면
언젠가는 정상이 내 것이니

긍정의 힘은 희망이요
부정은 비극이라
용기와 최선의 노력만이
성공을 보장하네

실패의 산잔은
성공의 길을 열게하고
분수에 넘치는 욕망은
불행을 초래할뿐
첫술에 배부르랴
한걸음 한걸음
계단을 오르다 보면
언젠가는 정상이 내것이네
긍정의 힘은 희망이요
부정은 비극이라
용기와 최선의 노력만이
성공을 보장하네

시소

중심축으로부터
음과 양의 교체
주기적인 반복으로
주고받으며
원활한 활동의 연속

올라가면 내려오고
내려오면 올라가고
평등의 원칙 안에서
양보하고 배려하는
인생의 희로애락

저울 축과는 달리
변화무쌍의 가치 속에
철저한 룰의 실천으로
서로 간의 자웅을 겨누며
삶의 지혜를 배워가네

아침 이슬

송알송알 풀잎 이슬
초롱초롱 맑기도 하여라
간밤에 그리움이 쌓여
수정처럼 맑아졌나!

송골송골 풀잎 감싸며
영롱한 자태 아름다워
이른 아침 산책길
걸음을 멈추게 하네

먼동이 트면 해님에게
살며시 자리를 내주고
밤이면 천상에서 내려와
알알이 옥구슬 되었네

방울방울 아침 이슬
사뿐사뿐 천지를 적시며
만물의 생명수 되어
세상을 아름답게 창조하네

봉사정신은
인생의 보람

어느 연인의 꿈

출렁출렁 금모래빛 위
어느 연인의 발자취인가
다정다감의 걸음걸음이
사랑 넘침에
대해를 이루었는가!

아름다운 정 나누며
영원히 변치 않는 너와 나
여명의 새벽 솟아나듯
희망의 나래를
푸른 바다 높이 띄운다

우리는 불변의 꽃이 되어
사랑과 행복 가득 채워
희망의 기쁨 널리
온 세상 만인에게
한없이 나누고 싶다

인생의 노정

봄의 향기 맡으며
새싹의 희망을 보았지

왕성한 활기 속에
온갖 아름다운 꽃으로
활짝 웃음도 보았고

하나 둘 결실의 열매에
행복한 보람도 알았지

이제는 자신의 육신을 녹여
자리를 내 줘야지
미래의 젊은 희망에게

이웃사촌

고만고만한 환경에서
잘났다 못났다 아니하고
순수한 마음으로 맺어진 인연

기쁨과 슬픔 같이 나누며
서로의 믿음으로
정을 듬뿍 주고받는 사이

풍족하진 못하지만
있는 그대로
조금씩이나마 나눔의 관계

고향은 다르지만
소중한 만남 귀히 여기는
우리는 영원한 이웃사촌이라오

행복은 사랑을 할때마는 알게되지요

애인

그윽한 향기에
구수한 그 맛이
뼈에 사무치도록 아름다움에,
가슴속 깊이 간직하며
행복에 잠긴다

천만년 세월은 가도
그 향기 그 맛이 변한들
근본의 그 뿌리는
있는 그대로 간직하며,
임의 입술에 사랑을 듬뿍 담아
행복을 한아름 준다

나는
다정한 향기에 취해
입술을 촉촉이 적시며
한 잔의 명차를 사랑한다

미소 짓는 얼굴은 향상 아름답다

제6부

分

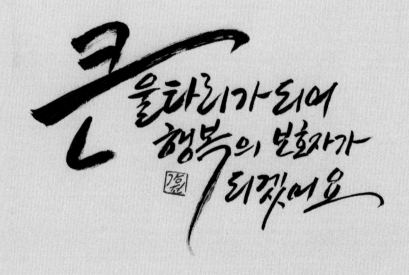

큰
울타리가 되어
행복의 보호자가
되겠어요

아내의 세월

화려한 장미꽃 되어
시집 온 지가 엊그제인데
청순한 백합 되어
대나무같이 살아오더니만
어느새 할미꽃 되어가네

이제는
쉬엄쉬엄 살아야 함을 알면서도
하던 습성 버리지 못해
구부린 허리 펴지도 못하고
나날이 분주하기만 하네

세월이 무심하다 하나
그렇게 허무한가
일개미 되어 살다 보니
유수의 세월 어쩔 수 없어
어느새 할미꽃 되어가네

아내

전생의 빚 갚으러 오셨나
온갖 궂은일을 도맡아
가정에 헌신하는 모습

멋과 치장은 거리가 멀다
오직 가족을 위해
평생을 살아가는 사람

때로는 어머니 같고 누나 같고
선생님도 되었다가 친구도 되고,
몸은 천 개나 되는 듯
힘든 일을 혼자서 다 한다

세월이 흘러
약봉지 수북이 쌓아놓고
오늘도 쉬지를 않는다
이곳저곳 아픈 데도 많은데
가슴이 메어진다

어머니는 하늘 구름

까마득히 높은 하늘 구름 되어
손짓하며 사라지는 그 모습이
너무나 안타까워
저려오는 아픈 가슴

저린 가슴 부둥켜안고
아련한 시절로 달려가지만
흰 구름 한 점 아쉬움 남기며
몽실몽실 애간장을 태우네

언제나 염려스러운 애처로움에
촉촉이 젖은 눈빛으로
애틋한 미소 지으시며
맨발로 반기시던 인자한 모습

그 성스러움이 너무나 그리워
창공을 한없이 헤매지만
여운(餘韻)만 희미하게 맴돌며
공허만이 바람 되어 스쳐가네

어머니의 염원

별을 바라봅니다
그리움 찾아 별을 세며
밤을 지새웁니다
안쓰러움에 인자한 미소로
애잔한 한 방울의 눈물은
영롱한 밤하늘의 꽃이 되어,
그윽한 향기
내 가슴에 안겨 옵니다

살아가는 동안
빛나는 별이 되라고
세상을 떠나시며
별이 되어 굽어보시니,
붉어지는 눈시울로
어머니 별을 우러러보며
그렇게 살아가리라 다짐합니다

어찌해야 하나

무엇을 얻기 위해
발버둥 치며 살아가는가
무슨 욕심이 그리 많아
괴로워하는가!

무엇인지도 모르면서
많이만 챙기면
행복인 줄 아니
참으로 어리석구나

비우면 되는 것을
꾹꾹 눌러 대니
깨닫지 못하는 인생을
어찌해야 하나

인생이란~
행복이다

인생

무(無)에서 유(有)로
잠깐 존재하다가
무(無)로 되돌아갈 뿐인데

왜?
무엇이?
한없이 부족하여
시끌시끌
스스로
불행을 자초한다

그래 봐야
잠깐
유(有)일 뿐인데

발자국 자국마다
무슨 사연 그리 많아
한걸음 한걸음
조심스럽기만 하다

기쁘고 행복한 사연
힘차게 밟아가시고
슬프고 불행한 사연
살며시 피해가소서

살다보면 희로애락
모두 다 내 것인 걸
어쩔수없는 운명
있는 그대로 살아가리라

운명

발자국 자국마다
무슨 사연 그리 많아
한 걸음 한 걸음
조심스럽기만 하다

기쁘고 행복한 사연
힘차게 밝아 가시고
슬프고 불행한 사연
살며시 피해 가소서

살다 보면 희로애락
모두 다 내 것인걸
어쩔 수 없는 운명
있는 그대로 살아가리

인연 1

개체의 만남은
생의 이유이며
삶의 생명수이다

인연

개체의 만남은
生의 이유이며
삶의 생명수이다

가원 신의섭

인연 2

꽃과 나비는 해오름이요
불과 물은 공기와 더불어
창조의 근원이며
소멸의 원인이기도 하다

해와 달은
활동과 쉼의 연속으로
삶의 균형이며
음(陰)과 양(陽)은
서로간의 존재 이유

인연은
어떠한 연분이든
소중한 만남인 것은
인생의 존재이기 때문이다

이별

너무나 처절한 슬픔에
엉엉 통곡하여도
돌아올 수 없는 강을
건너가시니,
하늘도 서러워
하루 종일 울었습니다

생전의 성스러움
가슴에 간직하며
하해와 같은 은혜
잊을 수 없어,
복받치는 서러움에
눈물이 강이었습니다

언제 다시 뵐는지
나 떠날 때에
그때 만남의 인연 되어,
한없는 기쁨에
가슴에 파고들어
원 없이 울고 웃으리라

영생

낙엽이 되어 떨어졌구려
모태에서 태어나
모진 세상 이겨내며
꽃 피고 열매 맺으며
속세에서 할 일 다 맞히고
때가 되어 떠났구려

간다 하여
아주 가는 것이 아닌 것을
속세의 인연 다 하여
헌 옷을 벗어버릴 뿐
다시 밑거름 되어
새 생명을 창조하는
창조주가 되어
영생하시는구려

잊혀 가는 사연

샛노란 빛으로 하나가 되어
반짝이던 모습은
이젠 지나간 꿈으로 남기고
한 잎 하나씩 지워져 가는 사연에
빛바랜 옛 추억들이
희미하게 묻어난다

세월의 흐름 속에
서서히 멀어져 가는 추억은
하나 둘 잊어가는
흘러간 그리움으로
저녁노을 아름다움이 되어
수평선 너머로 사라지고 있다

어두운 밤 지나 여명의 태양으로
다시 찾아오려나
인연의 끈은 놓지 않고
아쉬움만 뒤로 한 채
그리움을 지워가며
아름다운 추억으로만 남기련다

입춘 추위

입춘(立春)이 내일모레
이제는 희망의 계절이려니
기지개 켜려 했더니만
갑자기 동장군 되돌아왔네

어깨 다시 움츠리며
투덜투덜 야속해 한들
세찬 한파의 도림천은
꽁꽁 얼음이 되었네

텃새와 물고기들
앙상한 숲 속에서 오돌오돌
추위에 지쳐가니
안쓰럽고 가여워라

머지않아 남쪽에서
신선한 소식 문고리 흔들면
동장군 꽁무니 빼고
희망의 계절 반기리라

행복

희망과 열정으로
살아가는
자만이
행복해질수있다

제7부

知

별처럼 빛나게

꽃처럼 향기롭게

아기천사

초롱초롱 눈망울
해맑은 웃음으로
아장아장 아기천사

행복의 향기 한 아름 안고
희망의 꿈 가득 싣고
두 손 벌려 내 품에 안기네

금지옥엽(金枝玉葉)* 내 자식으로
선택 받은 부모 되니
삶의 보람 듬뿍 주는 보물이네

모든 정성 아낌없이
나라의 거목(巨木)으로 길러
가정에 영광을 이루리라

* 금지옥엽: 귀여운 자손. 금으로 된 가지와 옥으로 된 잎이라는 뜻으로
  임금의 가족을 높여 이르는 말.

우리는 친구

보면 볼수록 아름답고
안 보이면 그리워지는
언어의 소통은 안 되어도,
마음으로 교감이 되는
우리는 다정한 친구

천진난만 순수함은
동쪽 하늘의 샛별보다도
꽃잎의 아침 이슬보다도
영롱한 심성의 아기천사는
영원한 나의 친구

무한한 행복의 환희를
내 가슴에 안겨주며
무지개 되어 가는,
우리 교감의 공간은
천국이며 극락세계

기쁨만을 한 아름 듬뿍듬뿍
해맑은 미소로 환영하는
아장아장 귀여운,
하늘나라의 아기천사는
나의 영원한 친구이어라

진흙 속 흑진주

진흙 속의 영롱한 진주 하나
순수한 정으로 손 내밀면
더 깊이 숨어드니
이를 어찌하면 좋을고

혼자는 외로우니
세상으로 나와
한바탕 놀아보자 하니
절레절레 아니라 하네

인생사 모두가 부질없는 거
무엇을 바라겠는가
있는 그대로 겸허히
살다 가면 그만이라네

아쉽고 안타까워라
가슴속 고귀한 삶의 지혜
세상의 빛이 되어 준다면
아름다운 인생이 되련만

혼자란 없는 것이기에
숙명적 인연으로
더불어 살아야 하는
네가 나인 것을

존재의 인식

네가 있고 내가 있음으로
너와 내가 존재하는 것을,
어느 하나가 없으면
너도 나도 없는 것이

혼자란 없는 것이기에
숙명적 인연으로
더불어 살아야 하는
네가 나인 것을

우리의 행복은 같은 것인데,
너의 불행으로
나의 행복을 취하려 하니
이 어리석음을 어찌 하리

자연의 진리

인위적 소음으로 시끄러워
무엇이 그리 바쁘게 돌아가는지
여기저기 잡음으로 정신이 없다

능률의 효과를 극대화한다고
사방팔방 파헤치고 부수고 쌓고
그래야만 행복해진다네

자연의 섭리(攝理)에 순응하며
바람 따라 구름처럼 물 흐르듯
살아갈 수 없는 것인가!

인간도 모든 생명체와 같이
자연의 한 부분일 뿐이기에
있는 그대로 적응함이 진리이거늘

네가기뻐나도기뻐다

남의 손을 씻어주다보면
냇손이 먼저 깨끗해지고
남의 귀를 즐겁게 해주다
보면 내귀가 즐거워지며
남을 위해 기도하다보면
내마음이 맑아진다

진실의 효과

치장을 하고 포장을 해도
변하지 않는 것은 진실
당시에는 잠깐
부정의 효과는 있을지언정
언젠가는 진실은
밝혀지게 마련

효능의 극대화를 바라고
선의의 거짓이라며
철면피(鐵面皮)가 된다
있는 그대로 행한다면
더 큰 과실(果實)을
취할 수 있을 텐데

잠 못 이루는 밤

총총히 빛나는 수많은 별들이
임의 모습으로 너무나 애절하여
차마 바라볼 수 없어
눈을 지그시 감아 보지만
가슴만 더욱 저려옵니다

엊그제인 듯 인연이었지만
기나긴 세월 속에
잊을 수도 있으련만
온몸을 감싸는 영롱한 별빛은
죽어도 잊지 못할 그리움이었습니다

그때 그 시절엔
달콤한 꿈에 화려한 사랑으로
영원한 행복인 줄 알았는데,
어느 날 안개 되어 사라지는
이별의 눈물이었습니다

이제는 잊어야지 하면서도
밤하늘의 별을 바라보며
서글퍼지는 그리움에
잠 못 이루는 밤이
한없는 외로움으로 깊어만 갑니다

지나간 세월

덧없는 세월의 흐름에 떠밀려
'나'라는 한 존재가
석양의 노을이 되어 가는 것을
쓸쓸히 바라보며
추억의 미로 속으로
그리움의 고향을 찾아 간다

다시는
돌아올 수 없는 시간의 공간에서
영혼만이
지나가는 과거의 한 모퉁이를
기웃거리며
무지개의 끝자락을 잡으려 헤맨다

그립구나 그리워
지나간 세월이
다시는 이 세상에서
영원히 지닐 수 없는 시간들
그리움만 내 가슴 가득히
허공을 바라본다

정

불끈 주먹 쥐고 팔 벌려
달렸지 허공을 휘저으며
욕망을 좇아서

황혼의 저녁노을 되니
이제야 알았네
무엇이 소중한 지를

재물도 권력도 아니오
명예도 아닌
미운 정 고운 정인 것을

정의 부재는 불행이요
넘치는 정은
환희의 세상인 것을

춘하추동(春夏秋冬)

긴 잠에서 깨어나
고개를 살며시 드니
아지랑이 흥겨워하고
수줍은 새색시 얼굴 내밀며
희망의 새 봄을 반기네

알알이 싱그러운 열매 맺으며
무럭무럭 녹음의 계절 오니
매미의 환영 소리에
행복을 일구는 들녘 농부
긴 하루 허리 아픈 줄 모르네

산천초목 오색 단풍
아름다운 자태 뽐내면
오곡백과 알차게 익어 가니
풍성한 한가위 조상님께 감사드리고
허수아비 혼자서 들녘 지키네

노적가리 산이 되고
죽마고우(竹馬故友) 여유로움에
사랑방 화롯가 동동주 나누며
정다운 옛이야기 눈송이 되어
소복소복 겨울밤은 깊어만 가네

첫눈 내리는 날

함박눈 소복소복
그리움만 쌓이는데
저 멀리 보일 듯
아니 보이고

첫눈 반기며 만나자고
손가락 걸며 행복했던
잊지 못할 그리움
한없이 기다리며

나 홀로 외로이
호숫가 맴돌며
송이송이 그리움에
눈사람 되어 가네

추억

그때 그 시절
엊그제인 듯
생생한 그리움으로
가슴 촉촉이 젖은
물안개 되었네

잊지 못할 추억들은
아름다운 외로움으로
솔솔바람 되어
내 곁을 맴돌며
떠날 줄을 모르네

영원히
돌아올 수 없는 시간들
잡으려 잡으려고 해도
무지개 되어
그리움만 쌓이네

차 한 잔 마음껏 드세요

어서 오세요
따스한 차 한 잔 마음껏 드세요
남녀노소가 없어요
마음 내키는 대로
사랑과 희망을 보람과 행복을
듬뿍 담아 드세요
모든 것을 다 담아 드셔도
욕심쟁이가 아니랍니다

따스한 차 한 잔 드시다 보면
미움은 사랑으로
실망은 희망으로
후회는 보람으로
불행은 행복으로
승화(昇華)되어
인생의 고귀함을 알게 되지요

어서 오세요
남녀노소가 없어요
사랑 희망 보람 행복
이 모두 듬뿍 담아
따스한 차 한 잔 마음껏 드세요

꿈은 희망이며
행복이다~

제8부

足

별처럼 빛나게
꽃처럼 향기롭게

탄생

별이 유난히 빛나던 날
우주로부터 유성이 내려와
고귀한 생명으로 태어나니
무한한 축복이며 행복이어라

지구의 수많은 부부 중에
우리를 선택하신 창조주의
한없는 은혜에 감사드리며
부모의 도리를 다 하리오

어떤 어려운 고비라 한들
너에게 소홀이 할 수 있으랴
사랑으로 헌신의 노력을 다 하여
나라의 큰 별이 되게 하리라

타고난 운명

바람이 부네요
눈도 오고 비도 오네요
오면 오는 대로
가면 가는 대로
그냥 그런대로 살아가요

이유를 대거나
피하지 마세요
그렇다고 달라지나요!
공연히 어렵게
살아가지 마세요

순응(順應)하며 있는 그대로
반갑게 맞이할 수 있다면
무엇을 더 바라겠소
타고난 운명인 것을
어찌할 수 없잖아요

피리 부는 사나이

영혼 속의 사무치는 그리움에
주체할 수 없는 흘러간 세월이
안타까움만 남아
온 육신을 미치도록 흔들며
피리를 구성지게 불어댄다

가련히 들리는 피리 소리에
애수에 젖은 심정은
슬픔을 삼키고 삼키며
지내 온 자아(自我)를
음정에 묻어 피리를 분다

신명 나게 때로는 애절하게
어깨춤을 추며 정신없이
한바탕 놀아 보지만
어느새 공허만이 허공을 맴돌며
쓸쓸히 피리를 불고 있네

내 마음은 추억의 음률이 되어
하늘 높이 사라지고,
흰 구름 하늘 아래
바람에 스쳐 가는 세월은
혼자만이 넋을 놓고
피리 부는 사내가 된다

풍경

감나무 우듬지*에
까치밥 하나 덩그러니
너무나 외로워

보름날
떡방아 절구질하는 토끼 한 마리
살며시 불러 오니

동양화 한 폭 아름다움에
심취된 까치 한 쌍
시장끼 잊은 듯
넋 놓고 바라만 보네

* 우듬지: 나무의 꼭대기 줄기.

행복한 눈

잘 났다 못 났다
가진 자 못 가진 자 하며
남의 떡이 커 보인다
부러움에 욕심을 내면서
다투며 싸운다 행복해지려고

서로의 경쟁은
자연의 이치라며 흙탕물이 된다
더 많이 가진 자가 되기 위해
그래야만 행복해진다면서
죽는 날까지 욕심을 부린다

모든 욕망 훨훨 털어 버리고
마음을 비운다면,
어리석은 인생에서 벗어나
행복의 눈이 열린다는 것을
아시는지 모르시는지

미안합니다
용서하세요
감사합니다
사랑해요

한마디의 말

'미안합니다' 말 한마디에
밴댕이 소갈머리가 바다 되고

'용서하세요' 이 한마디가
세상의 인심을 비단결로 만드네

'감사합니다' 말 한마디에
고마움과 기쁨이 넘치고

'사랑해요' 이 한마디가
온 누리에 행복을 가득 채우네

* 밴댕이 소갈머리: 마음이나 속생각을 낮잡아 이르는 말. 속이 좁고 마음
  씀씀이가 얕은 사람을 말함.
* 밴댕이: 청어과에 속하는 물고기. 성격이 급해서 잡히자마자 죽는다고 한다.

현재의
소중함을
아는 자만이
미래의 꿈을
이룰 수 있다

현재의 존재

현재를 잊은 채
과거는 어떠했고
미래는 어떠해야지 하며
희망의 착각 속에 살아간다

지금의 순간들이
미래의 창조임을
자각(自覺)하고 노력한다면
무엇인들 못 이루랴

현재를 보람으로
차곡차곡 쌓아간다면
추억의 아름다움과
소원이 성취되리라

행복은 내 것이니까

어때요
오늘 하루 즐거웠나요
그러지 못 하다고요
그러나 내일이 있잖아요
내일도 좀 부족할 수 있지요
모레는 어때요
이렇게 여유를 가지고 살다 보면
어느새 보람의 열매가 보인답니다
그래도 부족한가요
욕심은 작게 노력은 최선을
그러다 보면 행복이 온답니다

어때요
지나친 욕심 버리고
작은 것부터 소중히 여기며
열심히 노력하자고요
그러면 행복이 살포시 다가 와
어제의 고뇌는 모두 사라지고
즐거움만 충만하답니다
즐겁게 살아야지요
그렇게 노력하며 살아가자고요
그래서 행복을 만들어야지요
행복은 내 것이니까

허상

늦가을 적막한 오후
서늘함이 따스한 것은
양지쪽 고요함으로
삶의 음악을 가슴에 담는다

산다는 것이 무엇인지
알 수 없지만
그냥 있는 그대로
존재하는 것은 아닌가!

본능적 태생의 생명체로
더도 덜도 아닌 존재일 뿐
자신을 뒤돌아본들
어둠이 그믐이라

그저 배부르고 등 따스하면
그만인 것을
무엇을 더 채우려 하나
모두가 부질없는 허상인데

흔적

바람으로 와서
흘러가는 뜬구름 되더니만
연기로 사라지니

아무리 바둥거려도
제자리 걸음마일 뿐
그 무엇도 아닌데

찰나의 순간을
만년의 세월인 양
다투며 살아가니

떠나면 그만인 것을
흔적이라도 남는다면
그나마 보람이라지만

무(無)에서 유(有)로 존재하다
무(無)로 되돌아가는 것을
살아온 흔적이 어디에 있으랴

환절기

조석으로
봄과 여름이 오락가락
조심한다 하지만
계절의 변덕에는
어쩔 수 없어
두통(頭痛)에다 콜록콜록
이마를 질끈 동여매네

오는 여름
대낮에 머물고
가는 계절
어둠 뒤따라와
조석으로 밀고 밀치며
애꿎은 인간만
계절병에 시달리네

향수

엄마의 포근한 가슴속 깊이
새근새근 아가의 평화로움이
언제나
어디서나
한없는 그리움에 잊을 수 없는 곳

아버지의 아버지 때부터
내가 태어나
동무들과 뛰어 놀며 자라온 곳

죽는 날까지 잊을 수 없는 고향
그러기에
그리움에 사랑하는가 보다

혼자 핀 들국화

노란 눈물
옥구슬 되어 떨어지는
들국화 한 송이

저만치 혼자
이슬비에 촉촉이
가을은 저물어 가는데

기다림에 지쳐
초라한 모습은
임을 향한 그리움인가

아무도 없는 서늘한 들녘
외롭게 피어있는
노란 들국화야

그리움은 시인

신의섭 지음

발 행 처 · 도서출판 **청어**
발 행 인 · 이영철
영   업 · 이동호
홍   보 · 천성래
기   획 · 남기환
편   집 · 방세화
디 자 인 · 이수빈 ┃ 김영은
제작이사 · 공병한
인   쇄 · 두리터

등   록 · 1999년 5월 3일
(제321-3210000251001999000063호)

1판 1쇄 발행 · 2021년 4월 10일

주소 · 서울특별시 서초구 남부순환로 364길 8-15 동일빌딩 2층
대표전화 · 02-586-0477
팩시밀리 · 0303-0942-0478

홈페이지 · www.chungeobook.com
E-mail · ppi20@hanmail.net
ISBN · 979-11-5860-937-5(03810)